LIBER

VAGATORUM

Nᵒ

Tiré à 115 exemplaires numérotés :
100 sur papier de Hollande,
10 sur papier de Chine,
5 sur papier de couleur.

Se vend à Paris chez A. AUBRY,
rue Dauphine, 16.

LIBER

VAGATORUM

LE LIVRE DES GUEUX

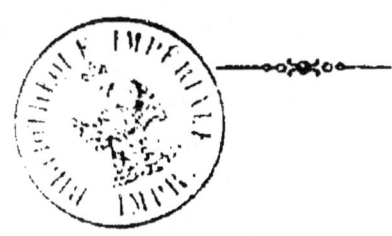

STRASBOURG

M. D. CCC. LXII

Imprimerie de Louis Rongor-Letrault à Strasbourg.

Les gueux, les gueux
Sont les gens heureux...

Ce refrain du chansonnier pro-
clamé un jour « poëte national ».
par voie administrative, a poétisé
une matière traitée prosaïquement.
mais avec un grand fonds de con-
viction, dans le *Liber vagatorum*,
un opuscule rare et curieux sur le-
quel personne en France n'a donné
de détails que M. Francisque Michel,[1]
dont les renseignements sont d'ailleurs confus et incomplets.

1. Voy. *Études de philologie comparée sur
l'argot.*

1

Le *Liber vagatorum* se divise en
trois parties, dont deux descriptives
et une lexicologique. Il offre, surtout dans les deux premières parties,
le développement d'un Avis du Sénat de Bâle, qui a été imprimé par
Jean Heumann dans ses *Exercita-
tiones juris universi præcipue ger-
manici*, etc. (Altdorff, 1749.), dis-
sertation *De lingua occulta*, n° 13,
p. 174-180; par Daniel Brückuer,
dans : *Versuch einer Beschreibung
historischer und natürlicher Merkwürdigkeiten der Landschaft Basel*,
1752, p. 853; et par le docteur
Henri Schreiber dans : *Taschen-
buch für Geschichte und Alterthum*

in Süddeutschland (Fribourg en Brisgau, 1839), p. 330-343. Ce dernier texte est la première copie de l'avis tel qu'il se trouve dans la chronique manuscrite de Jean Knebel, chapelain de la cathédrale de Bâle en 1475, et dont le travail est conservé à la bibliothèque de cette ville. Brückner semble faire correspondre l'avis à l'entrée des Bohémiens à Bâle, en 1422, de sorte qu'on pourrait en placer l'apparition dans le premier quart du quinzième siècle. Cette conjecture est corroborée par Heumann, qui fait précéder l'avis de ces mots : " *Dabimus specimen ex codice quodam initio*

seculi XV manu exarato, nunc il-
lustr. D. Hieron. Guil. Ebeneri,
primarii inclutæ reipublicæ Noricæ
moderatoris, toti literarum choro
venerabilis bibliothecæ magnificæ ad-
dicto, quo inter alia, inprimis Ar-
gentoratensia, jus feudale Aleman-
nicum continetur, cui subnectuntur
sequentia, etc.„

Si considérable qu'ait été le développement du vagabondage et de
la mendicité au quinzième siècle,
cependant l'avis du sénat de Bâle
semble, malgré ses bonnes inten-
tions et son utilité pratique, avoir
passé inaperçu jusqu'au moment où
Sébastien Brant, dans un chapitre

de sa *Nef des fovs* (1494), ramena l'attention sur les fraudes des mendiants et offrit à la société un morceau curieux de littérature fourbesque. Le chapitre de Brant est assez important pour être cité en grande partie.

De toutes sortes de mendiants.

La mendicité comprend aussi beaucoup
de fous,
Tout le monde se tourne maintenant vers
la mendicité,
Et veut s'entretenir en mendiant;
Curés, moines sont riches peu s'en faut
Et se plaignent comme s'ils étaient pauvres
A mendier et à faire pitié;
Vous êtes regardé comme nécessiteux
Alors que vous avez ramassé un gros tas.

Le prieur crie : Apportez davantage ,
Le fond du sac est percé.
De même font les marchands de reliques
Qui se prosternent et vont en pélerinage,
Qui ne manquent à aucune dédicace ,
Pour y crier publiquement
Comme quoi ils portent dans leur sac
Le foin qui était tout enfoui
Sous la crèche de Bethléhem ,
Une plume de l'aile de saint Michel ,
Aussi une bride du cheval de saint Georges,
Ou les gros souliers de sainte Claire.
Plus d'un mendie des années ,
Qui pourrait très-bien travailler,
Est jeune , fort et plein de santé ;
S'il ne veut pas courber la tête,
C'est qu'il a un *os de vaurien* dans le dos.
Ses enfants sont forcés de se mettre de
bonne heure
A mendier sans relâche,
Et à apprendre la mendicité ,
Il leur casserait plutôt un bras en deux
Ou leur ferait pas mal de bleus et de bosses .

Pour les faire crier et gémir.
De ceux-là il en reste vingt-quatre encore
A Strasbourg dans le *Dummenloch*,
Sans ceux qu'on place aux *Orphelins ;*
Les mendiants ne jeûnent guère
A Bâle sur le Kolenberg.
Ils exercent mille friponneries,
Ils usent de leur langage dit rotwelsch,
Et gagnent facilement leur subsistance
dans le pays.
Chaque *porteur de bâton* a une concubine,
Qui va tromper, mentir, afficher une infir-
mité,
Pour escroquer de l'argent aux prêtres ;
Lui va à la recherche du bon vin,
Il court toutes les auberges
Et paie avec l'argent gagné en jouant aux
dés ;
Quand il a bien dupé tout le monde,
Il s'enfuit ailleurs
A travers la plaine,
Vole les oies et les canards,
Les noie, leur coupe la tête,

Et les *mendiants de Saint-Guy* et autres le
              suivent.
Une course sauvage à travers le monde ,
Telle est la mendicité ou plutôt le vol.
Les hérauts d'armes , les diseurs de sen-
           tences , les sous-hérauts ,
Punissaient jadis les hontes publiques
Et s'acquéraient ainsi beaucoup d'honneur;
Chaque fou aujourd'hui veut prononcer
              des sentences,
Et porter le bâton orné du héraut ou celui
           plus simple du sous-héraut ,
Pour se rassasier de mendicité....

Le poëme de Brant a servi de
texte à une série de sermons prê-
chés par Geiler de Kaysersberg dans
la cathédrale de Strasbourg. A propos des mendiants , Geiler énumère
à son tour diverses espèces de *gre-*
lots, c'est ainsi qu'il indique les

variétés du genre, et comme Brant.
quoique avec moins de profondeur.
il pénètre les secrets d'une cou-
pable folie. Cependant, l'immense
succès de la *Nef des fous* avait fait
surgir plusieurs livres populaires
analogues, soit en prose, soit en vers.
parmi lesquels le *Liber vagatorum*
se distingue particulièrement et mérite un examen qu'il n'a pas subi
en France et dont il a été depuis
peu seulement l'objet en Allemagne.

En effet Vulcanius, p. 106 de son
ouvrage : *De literis et lingua Ge-
tarum* (Leyde, 1597), dit qu'il
existe un : « *libellus teutonica lingua
ante annos quinquaginta conscriptus*

*qui errones hosce in XXVIII classes
sive sectas distribuit* », mots par lesquels il désigne le *Liber vagatorum*,
que d'ailleurs il semble n'avoir pas
eu sous les yeux.

Job Leutholff, p. 215 de ses
*Commentationes ad historiam Æthio-
picam* (Francfort-s.-le-Mein, 1691),
distingue des Bohémiens la « *ratio
et sermo nebulónum mendicantium...
Ista congesta sunt in libellum cui
titulus* « *vom Barlen der Wander-
schaft* », et il cite le titre de la *Grammaire rotwelsch*, d'après l'édition de
1601, mais sans revenir plus loin
sur cette grammaire et sans men-
tionner nulle part le *Liber vaga-*

torum. Presque aussi fugitive est la
mention que Malblank a insérée
dans sa *Geschichte der peinlichen
Halsgerichtsordnung*, p. 41. Gervi-
nus ne parle du *Liber* que comme
d'un exemple d'imitation de la *Nef
des fous.* W. Riehl, dans son
Histoire naturelle du peuple, 1, 8,
indique rapidement le *Liber vagatorum* « comme un premier et en-
fantin essai d'une histoire naturelle
de la société. » Mais M. Hoffmann
de Fallersleben est le premier qui,
dans le *Weimarisches Jahrbuch*,
IV, 1er cahier, ait réimprimé l'ouvrage, toutefois en faisant de deux
anciennes éditions une édition per-

sonnelle et nouvelle. En dernier lieu.
M. Avé-Lallemant (*Das deutsche
Gaunerthum*, 1858), s'est montré
moins hardi et a simplement publié
deux éditions différentes. en les
accompagnant de conjectures que
nous devons examiner.

M. Avé-Lallemant croit que la
première édition du *Liber vagatorum* tombe dans l'intervalle de
1494-99 et a vu le jour à Bâle; il
fonde son opinion sur ce que l'édition donnée par Hain dans son
Repertorium, au n° 3016, comme la
première et commençant par la faute
d'impression *Lieber*, contient la devise finale : *Nichts ohn Ursach* (*Nil*

sine causa. Cette devise appartenait
à l'imprimeur Jean Bergmann de
Olpe, qui, de 1494-99, imprima à
Bâle un assez grand nombre d'ouvrages, sur lesquels on peut consul-
ter : *Beiträge zur Baseler Buch-
druckergeschichte*, par Imm. Stock-
meyer et B. Reber. (Bâle, 1840.)
L'édition portant le mot *Lieber* serait
ainsi la réimpression d'une ancienne
édition bâloise que personne n'a encore vue. Mais l'édition donnée par
Luther en 1528 contient aussi la
devise de Bergmann; cette devise
n'appartient donc pas tellement en
propre à cet imprimeur, ou bien l'on
ne s'est pas fait faute de la lui em-

prouter, à une époque où imprimeurs
et auteurs n'étaient pas encore fana-
tiques de la propriété littéraire. Par
contre toutes les éditions connues
renferment le récit d'un fait passé
en 1509 et alors récent au dire du
narrateur; jusqu'à nouvel ordre,
nous croirons donc que la première
édition date de quelques années
après.

M. Avé-Lallemant est disposé à
croire que l'auteur du *Liber vaga-*
torum est Bergmann de Olpe ou
Sébastien Brant lui-même, dont la
Nef des fous a été imprimée par
Bergmann. Nous, nous disons que
c'est Brant ou Thomas Murner, le

moine franciscain. Et d'abord il y
a ici lieu de s'étonner que la critique allemande ait complétement
négligé les témoignages de savants
alsaciens, en particulier celui d'Hermann, l'auteur des *Notices histo-
riques, statistiques et littéraires sur
la ville de Strasbourg* (Strasbourg,
Levrault, 1819), et le possesseur
d'une édition du *Liber vagatorum*,
qu'il a ornée de notes manuscrites
et qui appartient aujourd'hui à la
bibliothèque de Strasbourg. Hermann, au tome II de ses *Notices*,
p. 305, dit : «Peut-être Murner
est-il l'auteur d'un petit traité très-
curieux, peu connu, pas même de

Panzer, intitulé : *Liber vagatorum
der Bettlerorden*. Ce traité parait
avoir été publié peu d'années après
1509. L'auteur s'est caché sous le
nom d'*Expertus in trufis*. Ce qui
fait penser que Murner en est l'auteur, c'est que dans sa *Narren-
beschwörung*, fol. XXXVIII[c]. il
parle très-coulamment de plusieurs
des vagabonds mentionnés dans le
Liber vagatorum. A la suite se
trouve un vocabulaire du langage
des vagabonds et des bohémiens. »
Voici le passage auquel Hermann
fait allusion, il se trouve dans le
chapitre : *le Tas perdu* (Villon eût
dit : les enfants perdus) :

. . . .

Coquins sont ceux qui s'entretiennent
Par coquinerie chez les princes ;
Avaleurs de soupe, licheurs, entremet-
                                    teurs,
Écornifieurs, mendieurs de graisse,
Disputeurs, traîneurs, tourneurs,
Cardeurs de haillons, violeurs de femmes,
Porteurs de batte, espions,
Flagorneurs, matois et madrés,
Sabouleux, faux insensés et *vagueurs,*
Piètres, faux ermites, gueux savants,
Faux raccourcis, *coquillards,* fausses in-
                                    firmes,
Faux prêtres et rôdeurs de nuit, tous ren-
                        trent dans cette classe,
En rotwelsch ce sont de méchants fous
                                    fieffés,
Qui tous marchent de compagnie avec les
                                    coquins....
Les uns colportent de fausses reliques,
Mendiants et pélerins
Qui trompent Dieu et tout le monde,

Et montrent aux seigneurs des certificats
attestant
Comment ils ont souffert du mal de Saint-
Valentin,
Et parcourent ainsi tout pays ;
Les autres tombent sur le sol
En écumant d'une façon effrayante,
D'autres en promènent un à la chaîne,
Comme s'il était possédé,
D'autres savent se faire des blessures
Et mentent à faire craquer les poutres,
Disant qu'ils ont été punis par les saints,
Ce qui fait que les braves gens ouvrent la
bourse.
Maquereaux, joueurs de dés,
Marchands d'oublies, menteurs,
Qui laissent leurs femmes à d'autres
Et tiennent des jeux perfides ;
De pareils fripons sur le tapis,
Je ne veux pas les savoir en mon livre,
Nous rougissons de cette bande paresseuse,
Qu'elle aille aux mille diables !

Ce morceau d'une rare énergie dénomme jusqu'à huit catégories de mendiants tout à fait comme le *Liber vagatorum*, tandis que Brant en signale seulement deux et que ses mots d'argot sont surtout des noms communs. En outre, la vie aventureuse de Murner aide singulièrement à faire croire qu'il est l'auteur de notre opuscule. Né le 24 décembre 1475 à Ehenheim, aujourd'hui Obernai, il mène, dans sa jeunesse, l'existence d'un vagueur, d'un étudiant touriste, il visite successivement les universités de Paris, Fribourg, Rostock, Prague, Vienne, Cracovie. Son premier

ouvrage est dirigé contre les im-
postures des astrologues [1], son
deuxième contre celles des médecins [2]. En 1506, il reçoit la cou-
ronne de lauriers des mains de l'empereur Maximilien, peut-être en ré-
compense d'une première ébauche
de la *Conjuration des fous*, dont,
suivant un critique [3], une édition
parut à Bâle cette année. A Cracovie, il applique à l'étude de la lo-
gique un système de jeu de cartes
et fait faire à ses élèves des progrès

---

1. *Invectiva contra Astrologos*, 1499.

2. *Tractatus perutilis de phitonico con-
tractu*, 1499.

3. Herdegen, *Schediasma de Th. Murneri
logica memorativa*. Nurnberg, 1793, p 3, n. i.

si extraordinaires qu'il est accusé
de magie et forcé de se justifier.[1]
Après l'avénement de Luther, il
traduit du moine saxon le *Trac-*
tatus de captivitate Babylonica sans
y mettre son nom, et il publie ensuite encore divers écrits anonymes
relatifs aux disputes de la réforme.
Comme Luther a mis une préface
à une édition du *Liber vagatorum*,
il serait piquant de voir un ennemi
de Luther, un adversaire anonyme
adopté pour ainsi dire par lui, à
moins qu'on ne préfère admettre
que Luther connaissait l'auteur du

---

1. V. Ménétrier, *Biblioth. cur. et instruct.*,
t. XI, p. 186.

livre sur les gueux et voulait l'ac-
cabler de son ironique générosité.
Variable dans ses principes, dénué
de mesure, Murner est un bohême
qui, en tous cas, méritait d'écrire
le *Liber vagatorum*.

Ce qui milite presque unique-
ment en faveur de Brant, c'est l'in-
troduction, placée au commencement de la traduction bas-allemande
du *Liber vagatorum :* « La troisième
partie de ce livre, dit cette intro-
duction, est le vocabulaire du rotwelsch que les mendiants et autres
emploient pour tromper le monde ;
pour que chacun puisse se défendre
contre eux et percer leur fourberie,

suit une interprétation telle que la savait un *administrateur d'hospice des bords du Rhin*, qui a fait imprimer ce livre pour la première fois à Pforzheim pour mon bien et celui de tout le monde. »

Cet administrateur d'hospice pourrait être Brant, qui, dans le domaine de l'assistance, créa à Strasbourg, en 1503, un établissement qui prit un grand développement : la léproserie du *Thumenloch* (*Thomæ locus*), où les malades gisaient jusque-là pêle-mêle et sans secours direct. « Quelques hommes de cœur, Henri Ingolt, l'altammeister, Jean-Guillaume de Rotwyl, de la chambre des XIII, et Jean de Brumath, de la chambre des XV, réunirent les premiers fonds pour cette maison de santé et s'adjoignirent le greffier de la ville (Brant) pour faire prospérer et administrer la jeune création. A la voix éloquente de Brant, les fonds arrivèrent, le sénat, les corporations religieuses, des citoyens isolés versèrent leur contingent dans la caisse du receveur Hofmeister, et de ce moment on combattit avec succès, à Strasbourg, l'une des plaies les plus honteuses du moyen âge. » [1]

1. L. Spach, *les Poëtes didactiques alsaciens au moyen âge.*

Ajoutons que Brant a publié , et plus certainement, d'autres ouvrages à Pforzheim , ainsi le : *Facetus in lat. durch Seb. Brant getutscht, liber faceti docens mores juvenum per S. Brant noviter in vulgare translatus; impressus Pforzheim , per Thomam Anshelmi, de Baden, 1502, in laudem Dei*, in-4°. Un *hexastichon* de Brant ouvre la brochure qui contient les figures symboliques des évangélistes composées par Georges Relmisius et accompagnées d'un texte du moine Pierre Rosenheim ; à la fin on lit: *Ista tibi Thomas Phorcensis cognomento Anshelmi tradidit*, etc. 1502, in-4°. Quoi qu'il

2

en soit, l'écrivain qui raconte au ch. IV un fait arrivé à Uttenheim (Bas-Rhin) et un autre arrivé à Schlestadt, qui, au ch. XV et dans la seconde partie, relate des événements accomplis à Strasbourg, était un Alsacien, ce n'était pas l'imprimeur bâlois Bergmann de Olpe.

Nous devons maintenant distinguer, dans notre sujet, trois sortes de publications identiques au fond, mais portant chacune un autre titre, d'abord les *Liber vagatorum*, ensuite les traités *de la Coquinerie des faux mendiants*, enfin les *Grammaires rotwelsches*. Nous allons passer en revue les trois séries.

I.

1. *Liber vagatorum der Betler-orden*. Exemplaire de Hermann, aujourd'hui à la Bibliothèque municipale de Strasbourg, et dont nous donnons la traduction ; 2 gravures sur bois, une au recto du premier feuillet, sous le titre, représentant une campagne, sur la gauche de laquelle un mendiant coiffé d'un chaperon et vêtu d'un large manteau à collet, s'appuie de chaque main sur un bâton. A droite un jeune homme, en justaucorps et la tête découverte, fait un geste qui veut dire clairement qu'il envoie le mendiant promener. Sur le verso, au bas de la préface,

à gauche, d'abord une maison, puis
un mendiant en manteau court,
ayant un bâton dans la main droite
et un chapelet dans la gauche ; à
côté une mendiante coiffée comme le
mendiant, vêtue d'une longue robe,
d'un manteau, et ayant les bras
croisés par-dessus un long bâton.
In-4°, 14 ff., s. l. n. d.

2. *Liber Uagatorum der Betler-
orden.* Avec une gravure s. b. divi-
sée en deux ; à droite un mendiant
avec sa femme près d'un lit et te-
nant un enfant nu ; à gauche, un
âne avec un bât, d'où un mendiant tire un enfant. In-4°, 9 ff.
Rapportée par Hain au n° 3,018 ;

se trouve à la Bibliothèque royale
de Wolffenbüttel. M. Avé-Lallemant
a reconnu que cette édition était
l'original de la première traduction
bas-allemande, déposée à la Bibliothèque royale de Copenhague et
réimprimée par lui. Le passage de
cette traduction que nous avons
cité plus haut, permet de conclure
que l'original a été imprimé à
Pforzheim. Panzer indique cette
édition de Pforzheim, p. 26, n° 104
de ses *Zusätze zu den Annalen*
(Leipzig, 1802).[1]

---

1. M. Brunet (*Manuel du libraire*, cinq. éd.)
porte un jugement téméraire en indiquant
cette édition comme la plus ancienne.

3. *Der bedeler-ordē und or vo-
cabular in rotwelsch*. C'est la traduction bas-allemande sus-mention-
née. Au-dessous du titre une gravure s. b. représentant un fou avec
une marotte, à cheval, entouré
d'une masse de fous avec des ma-
rottes et précédé d'un étendard
auquel est suspendue une marotte.
In-4°, 14 ff., s. l. n. d. Se trouve
à la Bibliothèque royale de Copenhague, n° 77.193. La traduction
est faite dans l'idiome bas-allemand
des pays de Magdebourg et de
Brunswick. Ainsi elle réduit la
monnaie dite blaffard en fenin de
Brunswick ou en gros fenin de

Magdebourg, elle ajoute dans le vocabulaire 62 mots qui appartiennent à l'idiome magdebourgeois et brunswickois ; au chapitre XIII elle ajoute aussi l'exemple d'une *profanatrice des sacrements* qui vint au pays de Clèves en 1510.

4. *Lieber vagatorum der Betlerorden*, mentionné par Hain au n° 3,016 : *Infra icon xyl.*, F. b. *In fine, Nichts on Ursach*, s. l. a. et typ. n. 4 g. ch. c 38 l. 10 ff. M. Hoffmann de Fallersleben s'est servi de cette édition pour celle qu'il a donnée dans le *Weimarisches Jahrbuch*. Se trouve à la Bibliothèque royale de Berlin.

5. *Liber vagatorum der Betler-orden*, mentionné par Hain au n° 3,017 : *Infra icon mendicantis. In fine, Got sey Lob*, s. l. a. et typ. n. in-4°, 12 ff. La gravure représente un mendiant dont le pied gauche est lié à une béquille. Devant lui marche un garçon qui a le bras droit en écharpe et derrière lui une femme qui retient de la main gauche un paquet sur sa tête. La devise *Got sey Lob* se rencontre sous la forme bas-allemande *Gode sy loff* dans les produits de l'imprimeur de Rostock, Louis Diez.[1]

---

1. V. sur Diez : von Seelen, *Nachrichten von der Buchdruckerkunst in Lübeck*. Of.

D'après cette devise, qui se rencontre
d'ailleurs en plus d'une publication
ultérieure, l'édition du *Liber*, dont
il s'agit pourrait être sortie d'une
presse de Rostock ; se trouve à la
bibliothèque de Berlin.

6. *Liber Uagatorum der Betler-
orden* (voy. Panzer, *Zusätze*, p. 26,
n. 104°, et Hoffmann de Fallersleben, *Weim. Jahrbuch*), titre rouge;
à la fin : imprimé à Augsbourg par
Erhart Öglin, in-4°, 12 ff. Sur le
feuillet-titre même gravure que dans

Lisch : *Geschichte der Buchdruckerkunst in
Mecklenburg bis 1540*, p. 134, dans *Jahr-
bücher des Vereins für Mecklenb. Geschichte*.
Schwerin, 1839.

l'édition n° 5. Oglin imprima, dans
Augsbourg, de 1506 à 1516, en 1505
avec Jean Otmar, en 1506 et 1507
seul, en 1508 et 1510 avec Georges
Nadler, de 1512 à 1516 seul [1]: l'édi-
dition du *Liber vagatorum* doit
donc tomber entre 1512 et 1516.
Se trouve à la Bibliothèque de
Gotha et à celle de Munich, qui
renferme une autre édition du *Liber*,
par le même Öglin.

7. *Liber vagatorum*, en vers,
mentionné par Hain, au n° 3,019.
Même gravure que dans les éditions
de Rostock et d'Augsbourg. In-4°.

1. V. Zapf, *Annales typographiæ Augus-
tanæ* (1778).

Les initiales S. R. F. de la devise *Semper recte faciendo*, désignent l'imprimeur bâlois Pamphilus Gengenbach [1]. qui est aussi l'auteur du poëme, d'ailleurs faible et incolore. M. Gödeke a réimprimé cette édition dans son étude sur Gengenbach, mais il a eu tort de prétendre que les trois éditions du *Liber* mentionnées par Panzer étaient des réimpressions en prose du poëme de Gengenbach, alors que Gengenbach n'a commencé d'imprimer qu'en 1517. Se trouve dans les biblio-

---

1. V. Gödeke, *Pamphilus Gengenbach* : Hanover, Rümpler, 1856, in-8°.

thèques de Berlin, Copenhague et Göttingue.

Le but que se proposait Gengenbach en versifiant son livre, c'est-à-dire celui de prémunir les gens contre les fraudes des mendiants, ce fut Luther qui l'atteignit en publiant une édition personnelle du *Liber vagatorum*, sous le titre de :

II.

1. *Von der falschen Betler buberey*, etc. Wittemberg, MDXXIII, sans nom d'imprimeur. A la fin du vocabulaire se trouve la devise: *Nichts on Ursach*. In-4°, 12 ff. L'édition contient une préface et quelques

additions ; par exemple, dans la
deuxième partie, après la phrase sur
les quatre missions autorisées par le
Saint-Siége, vient ce trait mor-
dant : « Mais maintenant c'en est
aussi fait d'elles. » Voici la préface :
« Ce livret sur la friponnerie des
mendiants, quelqu'un l'a jadis fait
imprimer, qui se nomme *Expertus
in trufis*, c'est-à-dire un compagnon
expert en friponneries, ce que ce
livret montrerait bien, même s'il ne
s'était pas donné ce nom. Pour
moi, j'ai cru que ce livre ne devait
pas se contenter d'avoir vu le jour,
mais devenir commun, pour que
l'on voie et saisisse comment le

diable règne puissamment dans le
monde et s'il y a moyen de rendre
les gens prudents et prévoyants à
son encontre. La langue rotwelsch
est sans doute venue des juifs, car il
s'y trouve beaucoup de mots hé-
breux, comme le remarqueront ceux
qui se connaissent en cette langue.

Mais la glose et l'intelligence,
ainsi que la morale de ce livret,
consiste en ce que princes, seigneurs, conseils et villes, chacun
enfin doit user de prudence et sur-
veiller les mendiants, et savoir que
ceux qui ne donnent pas et n'aident pas aux pauvres honteux et à
leurs voisins indigents, sont entraî-

nés par les excitations du diable et
selon le juste jugement de Dieu, à
donner dix fois autant à ces coquins
qui courent et font les désespérés,
comme nous l'avons fait jusqu'ici
aux fondations, couvents, églises,
chapelles et moines mendiants, aban-
donnant les vrais pauvres. C'est
pourquoi il est juste que chaque
ville et village connaisse ses pauvres
et les couche sur un registre pour
pouvoir leur aider, et ne souffre les
mendiants étrangers que munis de
certificats ou de témoignages. Car
il se commet de trop grandes friponneries en ce genre, comme ce
livret le montre. Et si chaque ville

s'enquérait ainsi de ses pauvres,
pareille friponnerie serait bientôt
réprimée et empêchée. J'ai moi-
même été, ces dernières années,
trompé et tenté par de pareils vagabonds et hâbleurs plus que je ne
veux dire. C'est pourquoi soit averti
qui veut l'être et fasse-t-il du bien
à son prochain, selon la coutume et
le commandement chrétiens, Dieu
nous y aide! Amen. »

Cette remarquable préface prouve
la valeur que Luther attachait au
Liber vagatorum. L'édition se trouve
dans les bibliothèques de Wolffenbüttel et d'Arnstadt.

2. *Von der falschen Betler büe-*

berey, etc. Wittemberg, мм (sic) xxvɪɪɪ, iu-4º, 12 ff., sans nom d'imprimeur. Se trouve à la Bibliothèque royale de Munich, nº 3.779 et à celle de Weimar, nº 16.

3. *Von der falschē betler büebe-rey,* etc. Wittemberg, 1529. In-4º. 12 ff. La gravure des numéros 5, 6, 7 de la première série. Se trouve à la Bibliothèque d'Arnstadt.

4. *Von der falschen Betler büebe-rey,* etc., imprimé à Eisleben par Urban Gaubisch, мᴅʟх, in-8º. Réimpression de l'édition de Luther, due aux soins de l'historien et théologien Cyriaque Spangenberg (1528-1604), qui a ajouté une pré-

face de son crû. Se trouve à la
Bibliothèque royale de Wolffenbüttel.

5. *Van der valschen Bedeler-
boverye*, etc. Imprimé à Lübeck par
Jean Balhorn, MDLX. In-8°, 24 ff.,
traduction bas-allemande de l'édition de Spangenberg.

6. *Von der falschen Betler büberey*. Leipzig, 1580, réimpression
de l'édition de 1528, due aux soins
de N. Selnecker, qui y a joint trois
de ses sermons, sur le riche et
Lazare.

7. *Bericht von der falschen Betler
Büberey.... Nichts ohne Ursach.*
Avec privilége de douze ans ac-

cordé par le roi des gueux. MDCXV, in-8°, 50 pp. Se trouve à la Bibliothèque de Wolffenbüttel et à celle de Hambourg. Les pages 3-15 contiennent la traduction du colloque d'Érasme Πτωχολογία, et cette traduction est suivie d'une discussion qui décèle à chaque ligne un théologien protestant. L'auteur prend aussi la peine d'expliquer *trufis :* « τρυφὴ, luxus , mollicies, ludibrium, fraus. »

8. *Expertus in Truphis. Von den falschen*, etc. 1668, in-12, 160 pp.

La *Grammaire rotwelsch*, qui forme la troisième série, n'est qu'un audacieux plagiat du *Liber vaga-*

torum, où l'ordre des matières est renversé, où le vocabulaire vient d'abord, ensuite les *notabilia*, puis les 28 chapitres. Dans la dernière édition de la Grammaire (1755), le véritable *Liber* ne forme plus qu'un appendice mesquin et mal ordonné, tandis que le vocabulaire contient une foule de mots nouveaux et se présente sous forme de double lexique.

III.

1. *Die Rotwelsch Grammatic*, etc. Sans lieu ni date, in-4°, 14 ff., avec figure en bois sur le titre, reproduite à la onzième page. Se trouve

à la Bibliothèque de Wolffenbüttel.
Le vocabulaire est le même que
celui inséré par Gesner dans son
Mithridates [1], p. 81[b] comme spé-
cimen de la langue factice des
Zigares; comme Gesner dit avoir
emprunté son vocabulaire à un
opuscule imprimé à Bâle par Rodolphe Dekk, on peut conclure que
Dekk est l'imprimeur de cette grammaire et que cette édition est la
plus ancienne.

1. Mithridates, etc. *Tiguri*, 1555, in-8° :
« *Memini videre libellum germanice publica-
tum Basiliæ apud Rodolphum Dekk typogra-
phum de mendicis et variis eorum differentiis
in quo linguæ etiam fictitiæ vocabula plurima
exponuntur, etc.* »

2. *Die Rotwelsch Grammatic*, etc.
Francfort-sur-le-Mein, 1583, in-4°,
42 pp., imprimé par Wendel Humm.
Gravure sur bois représentant Sam-
son déchirant un lion.

3. *Die Rotwelsche Grammatik*,
etc. 1601. Mentionnée dans Krü-
nitz, *Encyclopédie*, cxxviii, 34,
dans Pott, I, 7, d'après Puchmayer,
Romani Ezib. (Prague, 1821), p. vii,
et dans Thiele (*Die jüdischen Gauner
in Deutschland*), p. 201.

4. *Rotwelsche Grammatica oder
Anweisung*, etc. Francfort-sur-le-
Mein, 1704 (dans Stargardt, *Cata-
logue de librairie ancienne*, Berlin,
1855, p. 115, n° 2,147).

5. *Rotwelsche Grammatik oder Sprachkunst*, etc. Francfort-sur-le-Mein , 1755. Gravure s. b. Le vocabulaire contient 878 mots et note surtout les expressions juives-allemandes, mais il est rempli de fautes d'impression; il est d'ailleurs double, rotwelsch-allemand, puis allemand-rotwelsch.

Avec l'édition de la *Grammaire* de 1755 se termine la série générale des éditions du *Liber vagatorum*. Si peu que celui-ci, dans le cours de ses apparitions, ait perdu de son originalité première, soit quant au fond, soit quant à la forme, cependant il faut reconnaître qu'avec les

années sa valeur augmenta, et que sa
signification morale, surtout à partir
de Luther, n'échappa point aux théo-
logiens ni aux hommes soucieux de
la charité dans ses modes multi-
pliés[1]. Mais ce n'est guère qu'après
l'édition de la *Grammaire* de 1755,
qu'on voit les linguistes et les
philologues s'occuper du *Liber vagatorum*. Antérieurement on ne
rencontre de traces de l'étude lexicologique du *Liber* que dans la
sixième vision de Moscherosch,

---

1. Voy. aussi un passage du pamphlet de
Fischart contre l'astrologie : *Aller Prak-
tik Grossmutter*, etc. 1574.

qui publia[1], le premier, le vocabulaire rotwelsch sous double
forme, et dans la copie, fautive
au reste, du même vocabulaire, par
Schottelius[2]. Les recherches argo-
tiques ont été poussées plus loin
dans les ouvrages : *Beschreibung
des Zuchthauses Waldheim*, Dresde,
1726, in-8° (avec un lexique rotwelsch et bohémien en appendice):
*Actenmässige Designation derer von
einer diebischen Judenbande*, etc.
Cobourg, 1735 (avec un lexique de

---

1. *Wunderliche und wahrhaftige Gesichte
des Philanders von Sittewalt.* 1645.

2. *Ausführliche Arbeit von der teutschen
Haubtsprache.* Brunswick, 1663.

mots juifs-allemands): *Actenmässige Nachricht von einer zahlreichen Diebsbande*, etc. Hildburghausen, 1753. (avec une liste des mots employés par les filous), trois ouvrages auxquels vient se rattacher la *Grammaire* de 1755.

Remontons, un instant, aux origines mêmes du rotwelsch. *Rot* signifie en rotwelsch, mendiant, et *welsch* a signifié étranger, puis roman, et à partir du seizième siècle, italien. Le rotwelsch est la langue étrangère, exotique, des mendiants ou des hommes rouges (*rot* = *roth*), car les mendiants se sont appelés rouges, soit à cause

de leur costume, soit par analogie
avec les bandes de *Rouges* et de
Noirs, qui désolaient les bords du
Rhin au quatorzième siècle. Pour
l'extermination de ces bandes, la
ville de Bâle conclut, avec l'évêque
de Strasbourg Frédéric de Blan-
kenheim, l'abbé Rodolphe, de Mur-
bach et autres seigneurs, le lundi
après l'Assomption de 1391, un
traité d'alliance rapporté par Brückner dans ses *Merkwürdigkeiten*,
p. 849. On trouve une désignation
du même genre au commencement
du dix-septième siècle, en France,
où la bande dite des *Rougets* et des
Grisons opéra de 1621-23 sous les

ordres du terrible La Chesnay. En
Angleterre, la bande de William
Hollyday (1693) se faisait appeler
la *Garde noire*. Mais le langage des
mendiants, le rotwelsch, est encore
plus ancien que leur dénomination :
en effet, le *Notatenbuch*[1] de Dith-
mar de Meckenbach, chanoine et
chancelier du duché de Breslau
sous l'empereur Charles IV (1346-
1378), contient ce qui suit :

Ista sunt nomina maleficorum terrarum :
Stromer dicuntur kelsnider (coupe-gorge,
    appliqué aux personnes) ;
Kawalsprenger, fures equorum ;
Stosser, fures rerum venalium in foro ;
Nusser, fures denariorum ex peris ;

---

1. Archives provinc. de Breslau.

Vazenhour, beutelsnider (coupeurs de bourse).

Tumeherren , falsi monetarii grossorum aut hellensium ;

Swimmer aut laboratores *in der swerze* dicuntur fures noctu intrantes domos sub limine ;

Schenenwerfer, reseratores serarum cum uncis ;

Ebener, lusores cum liii tesseribus ;

Spanvelder, mendicantes in terris de villa ad villam ;

Versucher, sagittantes cum arcu.

L'avant-dernière de ces catégories rentre particulièrement dans notre sujet et répond à la douzième du *Liber vagatorum*.

Le *Liber*, on l'a vu, fournit des indications morales et philologiques précieuses ; offre-t-il aussi des élé-

ments appréciables à la poésie? Ici
le contingent se réduit à ce passage
du chap. XIII : « On chante :

Le mendiant qui n'a pas de femme
Qui va mentir et tromper,
Eumdem on l'assomme avec un soulier. »

Telle est l'unique tradition poétique et fourbesque subsistante d'une
époque où toute la littérature du
peuple manqua se réduire à la
poésie populaire. C'est que la mendicité et la friponnerie n'ont rien
de poétique par elles-mêmes, la
mendicité parce qu'elle plonge par
des racines trop profondes dans le
réel, la friponnerie parce qu'elle
est à l'opposite du vrai, du vrai

sensible et naturel, qui est la condition du beau. La poésie de la vie
à ciel ouvert, de la libre allure, ne
découle pas de la condition de
mendiant, elle réside dans cette
liberté même d'aller par monts et
par vaux, dans ce sentiment frais et
vif de la nature auquel ont tout
aussi bien droit et part le chasseur
et le berger. Au surplus il faut faire
une exception pour les représen-
tants des âges héroïques ou les
individus des races sauvages : dans
cette voie nous rencontrerions le
mendiant-poëte Homère[1], le bri-

1. Voy. Cerquand, *De l'hospitalité grecque
aux temps héroïques.*

gand de Servie[1], le bohémien pur sang[2], etc. Mais la mendicité frauduleuse telle que nous l'envisageons, fera fructifier de préférence le germe de l'ironie et de la farce. En effet, les mendiants qui entrent dans les maisons récitent souvent des paroles incomprises du vulgaire, mais dont le sens parodique n'échappe pas à l'intelligence des connaisseurs. Le *Notre-Père* de la bande du Vogelsberg mérite d'être regardé comme une production authentique d'un vagabond en go-

---

1. Voy. le Recueil de Vuk Stephanovich Karadgich.

2. Voy. Borrow, *the Zincali.*

guette[1]. En revanche, la poésie
franche et pittoresque qui met en
scène des mendiants et des fripons.
naît dans le cabinet de poëtes sé-
dentaires, de Gengenbach, qui.
sans parler de son *Liber* poétique.
a inséré dans sa *Gouchmatt* ou Pré-
aux-niais (1520), un passage en
argot; de Moscherosch, qui a

---

1. Cité par Grolman : *Actenmässige
Geschichte der Wetterauer*, etc. :
    Bonjour, cuisinière,
    Le vieux matou vit-il encore?
    Oui, oui, il vit encore;
    Où s'est-il donc fourré?
      Dans le boudin. —
    Mange de la crotte et des navets,
      Danse! Amen!

chanté « *la Noble Bande de la Mo-
selle* » : de Wencel Scherffer, auteur
de l'*Ordonnance de Mars*, *mêlée de
mots rotwelsch*[1]. Mais ces esprits,
entraînés dans leur jeunesse par le
tourbillon poétique, habiles à lan-
cer sur un rhythme allègre des idées
hasardeuses, s'imprégnent plus tard
de l'atmosphère environnante et co-
lorent leurs inventions d'une teinte
sociale, humanitaire : Béranger finit
par le *Vieux Vagabond* et Victor
Hugo par les *Misérables*.

P. RISTELHUBER.

1. *Geist- und weltlichen Gedichte erster
Theil (zum Briege)*, 1652.

LIBER

VAGATORUM

Suit un beau livret nommé Liber
vagatorum, *dicté par un honorable*
maître nomine Expertus in trufis[1], *à*
la louange et en l'honneur de Dieu,
sibi in refrigerium et solacium, *pour*
l'enseignement et l'instruction de tous
les hommes, et pour l'amélioration
et la conversion de ceux qui en ont
besoin. Et ce livret est partagé en
trois parties. La première traite de
toutes les ruses qu'emploient les men-

---

1. *Trufa, truffa, trupha = fraus = trom-*
perie, trufe en vieux français.

  Certes je tendroie à grant trufle,
  Qui diroit que tu fusses hom.

          (Roman de la Rose. *M. S.*)

diants et les vagabonds et se divise
en vingt chapitres et paulo plus, car
il y a vingt ruses et ultra par lesquelles l'homme est trompé. La seconde partie traite de notabilia qui
doivent s'ajouter aux ruses susnom-
mées. La troisième renferme un vocabulaire dit en allemand : rotwelsch.

PREMIÈRE PARTIE.

CHAPITRE Ier.

Des trucheurs.

Le premier chapitre traite des trucheurs.
Ce sont des mendiants qui ne portent pas
sur eux de signes sacrés ou en portent
peu ; ils viennent à vous simplement et
sans façon et vous demandent l'aumône
pour l'amour de Dieu et de Notre-Dame.
Souvent c'est un pauvre honteux avec de
petits enfants, et qui est connu dans la
ville ou le village où il mendie. S'ils pou-
vaient s'élever par leur travail ou par
d'autres honorables moyens, ces gueux
abandonneraient certainement la mendicité. Car il y a plus d'un brave homme qui
mendie avec répugnance et rougit devant
ceux qui le connaissent, d'avoir eu jadis
assez et d'être maintenant forcé de men-

dier, et s'il trouvait mieux, il quitterait la
mendicité. *Conclusio* : à ces mendiants on
peut donner si l'on veut.

CHAPITRE II.

Des ramasseurs de pain.

Le chapitre II traite des ramasseurs de
pain. Ce sont des mendiants qui parcourent le pays avec femme et enfants et
ont le chapeau et le manteau garnis de
signes sacrés. Leur manteau est fait de
toutes sortes de pièces; les paysans leur
donnent du pain et chacun porte six ou
sept sacs, dont pas un n'est vide. Ils
traînent avec eux écuelle, assiette,
cuiller, bouteille et autres ustensiles de
ménage. Ils ne quittent jamais l'état de
mendiant et leurs enfants sont dressés au
métier dès le bas-âge, car *le bâton de
mendiant s'est échauffé dans leurs mains;*
ils voudraient travailler qu'ils ne le pour-
raient plus; leurs filles deviennent putains.

leurs fils maquereaux ou bourreaux ou
écorcheurs. Quand ils arrivent dans une
ville ou dans un village, ils mendient
devant une maison au nom du Seigneur,
devant une autre au nom de saint Valentin,
devant une troisième au nom de saint Quirin, *sic de aliis*, selon la maison, et ils ne
se contentent pas d'une seule *rubrique*.
Conclusio : donnez-leur si vous voulez,
car ils sont demi-mauvais, demi-bons, pas
tout à fait mauvais, mais en grande partie.

CHAPITRE III.

Des esclaves soi-disant délivrés.

Le chapitre III traite des esclaves soi-
disant délivrés. Ce sont des mendiants qui
disent avoir été prisonniers six ou sept
ans [1] et qui portent les chaînes dont ils

---

1. Scaramouche fit l'état de mendiant, se donnant pour un pauvre esclave racheté des mains des

étaient chargés parmi les infidèles (*id est* dans le bordel) en témoignage de la foi chrétienne ; *item* sur mer, dans les galères ou vaisseaux bordés de fer ; *item* dans une tour, et ils montrent de fausses lettres de princes étrangers et ils jurent qu'elles sont vraies alors qu'elles sont fabriquées par des compagnons qui savent imiter tous les cachets qu'on veut. Et ils disent avoir pro-

---

Turcs ; stratagème qui pensa lui être funeste à Ancône, où un capitaine de galères prétendit le reconnaître pour un forçat échappé, et lui fit provisoirement donner la bastonnade. Cette erreur provenait du nouveau costume de notre voyageur. Son hôte, ayant eu pitié de lui à son réveil, l'avait revêtu d'une souquenille d'esclave, et par reconnaissance le pèlerin avait emporté la crémaillère qui, ressemblant un peu à une chaîne de galérien, servait d'attestation à tout ce qu'il débitait aux passants. (Voy. la *Vie, amours et actions de Scaramouche*, par Angelo Constantini.)

mis à Notre-Dame ou à un autre saint de
se retirer du monde (dans la maison du
bourreau ou à l'auberge, selon le pays),
en offrant une livre de cire, ou une croix
d'argent ou une chasuble, et leur vœu leur
a porté secours, car leurs chaînes se sont
détachées et brisées, et ils sont partis sains
et saufs. *Item* certains portent des cottes
de maille et *sic de aliis*. *Nota*. Les chaînes
ils les ont fait acheter ou fabriquer, ou
volées dans une église dédiée à saint Léonard[1]. *Conclusio* : à ces mendiants vous ne
devez rien donner, car ils pratiquent l'art
de tromper et de mentir, et sur mille, pas
un ne dit vrai.

---

1. « Quiconque, étant en prison, invoquait son
nom, voyait aussitôt ses chaînes se rompre et il
sortait en liberté, et il venait présenter au saint
les fers dont il avait été chargé. » (*Légende dorée*,
trad. par G. B.; t. II, p. 190.)

CHAPITRE IV.

Des piètres.

Le chapitre IV traite des piètres¹. Ce
sont des mendiants qui se mettent devant
les églises les jours de foire ou de dédicace,
ils sont culs-de-jatte ; l'un n'a pas de pieds,
l'autre pas de mains ou de bras. *Item* certains ont avec eux des chaînes et disent
avoir été innocemment prisonniers, et ordinairement ils ont à côté d'eux un saint
Sébastien ou un saint Léonard, pour l'a-
mour duquel ils vous demandent l'aumône
d'une voix lamentable. Et les hommes sont
ainsi trompés, car à celui-ci sa jambe a

---

1. « Les piètres sont ceux qui *truchent* sur le
bâton rompu, qui ont les jambes et les bras rom-
pus, ou qui ont mal aux *pasturons* (pieds) et qui
bient (marchent) avec des potences.... » (*Le Jargon
ou langage de l'argot réformé*, etc. Lyon, Nic. Gay.
1634, in-12.)

été coupée en prison pour un méfait qu'il
a commis; celui-là a perdu la main dans
une querelle à propos de jeu ou de filles.
Item plus d'un se met un bandage à la cuisse
ou au bras et marche avec des béquilles,
qui n'a aucun membre cassé.

Item à Utenheim[1] il y avait un prêtre
nommé M. Hans Ziegler, il est maintenant
curé de Rosheim, il avait avec lui sa tante.
Il vint devant la maison un mendiant avec
des béquilles et la tante lui apporta un
morceau de pain : « Ne me donnez-vous
rien d'autre? » dit-il; « je n'ai pas autre
chose, » répondit-elle; « vieille putain de
curé, dit-il alors, tu veux donc rendre le
curé bien riche? » et il prononça tous les
jurons possibles. La tante pleure, rentre

----

1. Utenheim, arrondissement de Schlestadt,
canton d'Erstein, *village qui encore aujourd'hui
accueille sans règle les mendiants étrangers.* (Voy.
Reboul, *Paupérisme et bienfaisance dans le Bas-
Rhin*, 1858, p. 129)

dans la chambre et raconte l'histoire au
curé; celui-ci sort et court après le béquillard, mais le mendiant jette ses béquilles
et court si bien qu'on ne peut le rattraper.
Bientôt après la maison du curé fut incendiée et celui-ci soupçonna le béquillard
d'être l'auteur du crime.

Item un autre exemple véritable. A
Schlestadt était assis devant l'église un
mendiant qui avait coupé la jambe d'un
voleur pendu au gibet[1] et l'avait placé
devant lui après avoir bandé sa propre
jambe. Un autre mendiant ayant eu un démêlé avec lui, alla dévoiler son fait à la
police. Alors le confrère se leva, laissa la

---

1. Rhamsès, roi d'Égypte (2244 av. J.-Chr.),
voulant découvrir l'adroit voleur qui avait pillé son
trésor, prostitua sa fille en lui ordonnant de s'asseoir dans un lieu de débauche et d'y recevoir également tous les hommes qui se présenteraient, mais
de les obliger, avant de leur accorder ses faveurs,
à lui dire ce qu'ils avaient fait dans leur vie de

mauvaise jambe à terre et sortit de la
ville en courant, de façon à ne pas pouvoir
être rejoint par un cheval. Peu après il fut
pendu à Achern et la jambe desséchée fut
suspendue à côté de lui. Il s'appelait Pierre
de Kreutznach.

Item ces mendiants et leurs analogues
sont les plus grands blasphémateurs qui
existent, ils ont les plus belles filles, ils
arrivent les premiers aux foires et aux dé-
dicaces et s'en vont les derniers. *Conclusio :*
donnez-leur le moins possible, car ils
trompent les paysans et tout le monde.
Exemple : un d'eux s'appelait Utz de Lin-
dau et avait été quatorze jours à l'hôpital

---

plus subtil et de plus méchant. Le voleur coupa le
bras d'un mort, le mit sous son manteau et alla
rendre visite à la fille du roi. Il ne manqua pas de
se vanter d'être l'auteur du vol ; la princesse essaya
de l'arrêter ; mais, comme ils étaient dans l'obscu-
rité, elle ne saisit que le bras du mort, pendant
que le vivant gagnait la porte. (Hérodote, II, CXXI.)

d'Ulm. Au jour de Saint-Sébastien il se
coucha devant une église, se banda les
cuisses et les mains et se tourna les pieds ;
il fut dénoncé à la police, et quand elle
vint pour l'examiner, il quitta la ville en
courant de façon à ne pas pouvoir être
rejoint par un cheval.

CHAPITRE V.

Des faux ermites.

Le chapitre V traite des faux ermites [1].
Ce sont des mendiants qui se prosternent

---

1. Entre les sectes de fainéants et de débauchés
du cinquième siècle, on remarquait celle des sara-
baîtes nommés *remoboth* par saint Jérôme, et gyro-
vagues par les historiens ecclésiastiques. Cassien,
dans ses *Commentaires* (Collat. **XVIII**, ch. 8), représente sous les traits les plus hideux la conduite
impudente de ces moines dissolus, qui se propa-
gèrent dans l'Égypte et jusqu'au fond des déserts

le front contre terre, qui vont de maison
en maison, *hostiatim*, et trompent les
paysans et les paysannes au nom de Notre-
Dame ou d'un autre saint; ils disent qu'il
s'agit de *Notre-Dame* d'une chapelle voi-
sine et qu'ils sont attachés à cette chapelle.
Item que la chapelle est pauvre; puis ils
demandent du fil de lin pour une nappe
d'autel (pour une robe à leur putain). *Item,*
des serviettes pour que les prêtres puissent
s'essuyer les mains. *Item* sont aussi de
faux ermites ceux qui ont sur eux une
lettre scellée et mendient pour la recon-
struction d'une église qui n'est pas devant

de la Thébaïde, et qui n'avaient pas encore disparu
au neuvième siècle, puisque Charlemagne fit une
loi pour les détruire (*Capit. reg. Franc.*, t. I,
p. 370). Quatre siècles plus tard, saint Benoît re-
commande à ses disciples de se défier de ces cor-
rupteurs « qui ne s'astreignant à aucune règle ....
usurpent les ordres sacrés. »

votre nez, mais bien loin, à Maulbronn, par exemple. *Conclusio:* à ces ermites il ne faut rien donner, car ils mentent et trompent. A des quêteurs qui demanderaient pour une église située à deux ou trois milles, à ceux-là vous devriez donner ce que vous voudriez ou pourriez, parce qu'il y aurait nécessité.

CHAPITRE VI.

Des gueux savants.

Le chapitre VI traite des gueux savants. Ce sont des mendiants ou de jeunes scolars, de jeunes étudiants qui n'écoutent pas leurs parents et rejettent les conseils de leurs maîtres et se mettent en la compagnie de mauvais sujets qui sont aussi instruits et leur aident à jouer et boire leur fortune, et quand ils n'ont plus rien, ils apprennent à mendier et à tromper les paysans. Ils disent venir de Rome et vou-

loir se faire prêtres¹ (à la potence). *Item*
l'un est acolyte, l'autre épistolaire, le
troisième évangéliste, le quatrième curé,
et ils n'ont tous que les bonnes âmes pour
subvenir à leurs besoins, car leurs parents
sont morts. *Item* ils demandent du lin pour
un surplis (à leur putain). *Item* de l'argent
pour qu'aux prochains quatre-temps ils
puissent être élevés à un ordre supérieur,
mais ce qu'ils reçoivent, ils le jouent et le
boivent. *Item* ils portent tonsure et ne sont
pas ordonnés, et n'ont point de certificat,
quoiqu'ils prétendent en avoir. *Conclusio* :
à ces gueux ne donnez rien, car moins on
leur donne, mieux vaut pour eux.

---

1. « On aime en Flandre tellement les pauvres
que vous voyez au coin des rues des enfants ha-
billés en prêtres, parlant latin comme les prêtres,
chanter en tendant la main : *Date bonis pueris pa-
nem pro Deo*, pour Dieu un peu de pain aux pauvres petits enfants. » (Boileau, les *Plaintes des
divers états*, quinzième siècle.)

CHAPITRE VII.

Des vagueurs.

Le chapitre VII traite des vagueurs. Ce
sont des gueux ou aventuriers qui portent
un filet jaune et viennent de la montagne
de Vénus; ils savent la magie et sont appelés étudiants touristes[1]. Quand ils arrivent
devant une maison, ils se mettent à dire :
«Voici un étudiant touriste et maître ès-arts
libéraux (maître dans l'art de tromper les
paysans) qui sait conjurer le diable, ga-
rantir de la grêle, du tonnerre et autres
malheurs.» Puis il prononce des mots
magiques, fait deux ou trois signes de

---

1. «Il y a des étudiants qui sont de mauvais
garnements, des fruits secs, qui ne travaillent pas,
n'étudient pas, mais vagabondent et mendient, et
trompent les simples paysans par des pratiques
magiques. Ils disent communément qu'ils ont été
au Venusberg et y ont appris la magie. » (*Bebeliana
opuscula nova. Argentin.* 1508.)

croix et dit : « Quand ces paroles sont pro-
noncées, personne n'est tué, personne ne
tombe dans le malheur, ici ni ailleurs », et
autres belles phrases; les paysans prennent
tout cela au sérieux et sont fort aises de
la visite de l'étudiant, car ils n'en ont
jamais vu et ils lui disent : «ceci, cela m'est
arrivé; si vous pouvez me porter secours,
je vous donnerai un florin ou deux »; l'étudiant consent et trompe le paysan à plai-
sir. Ils font des expériences et les paysans
croient alors qu'ils peuvent conjurer le
diable. Ils font ce qui leur plaît, c'est-à-
dire qu'ils vous trompent pour votre argent. *Conclusio :* prenez garde à ces gueux,
car tout leur art n'est que mensonge.

CHAPITRE VIII.

Des sabouleux.

Le chapitre VIII traite des sabouleux [1],

---

1. « Sabouleux sont ceux qu'on appelle vulgaire-
ment malades de Saint-Jean, dont il y en a plus de

des mendiants qui disent chez les paysans :
« Ah! cher ami, regardez-moi, je suis
affligé de la danse de saint Guy, de saint
Valentin, de saint Quirin, de saint Antoine
et l'on m'a voué à ces saints avec six livres
de cire, une nappe d'autel, une offrande
en argent, *et cœtera*, et me voilà forcé de
demander secours aux bonnes âmes. Je
vous prie donc de vouloir m'aider d'un
denier et d'un morceau de toile, et Dieu
vous préserve de la danse de saint Guy ».

---

faux que de véritables : ils s'amadouent avec du
sang et prennent du savon blanc en la bouche, ce
qui les fait écumer, etc. (*Le Jargon.*)

1. On a donné le nom de danse de Saint-Guy ou
de Saint-Vit à cette maladie, parce qu'en Allemagne
où elle a commencé à être observée, les personnes
qui en étaient ou s'en croyaient affectées, allaient
tous les ans en pèlerinage à la chapelle de Saint-
Vit, près d'Ulm, danser nuit et jour pour s'en
guérir. En 1418, une femme de Strasbourg, su-
jette à des maladies de nerfs, se mit à danser et

Item certains se mettent à tomber devant
une église et mettent du savon dans la
bouche, ce qui les fait écumer gros comme
le poing, ils se piquent le nez avec un
brin de paille pour saigner, comme s'ils
étaient malades, et ce n'est que mensonge.
Item Il y en a beaucoup qui parlent ainsi :
« Cher ami, je suis un fils de boucher, un

---

dansa pendant quatre jours. On la conduisit près
de Saverne et du Schwitzerhoff, où est une chapelle de Saint-Vit. On assure que la femme fut
guérie. « Bientôt d'autres femmes de Strasbourg
eurent le même accès et l'on eut recours au même
remède. Dans l'espace d'un mois la maladie devint
contagieuse. Le nombre des danseuses surpassant
celui de deux cents, on les répartit dans les grandes
salles de quelques tribus, pour les laisser danser à
leur aise. Nous ignorons si on leur envoya aussi
des danseurs, mais l'on prétend que c'est depuis
cette époque que les Strasbourgeoises poussent le
goût de la danse plus loin que les personnes du
sexe d'autres pays. » (Hermann, *Notices.*)

ouvrier; un jour un mendiant vint devant
la maison de mon père et demanda l'aumône au nom de saint Valentin; mon père
me donna un liard pour lui , je le gardai
en disant : c'est coquinerie de la part de
cet homme; dès ce moment la danse de
saint Guy m'attaqua, et je me vouai à
saint Valentin avec trois livres de cire et
une messe chantée, et il faut que je ra-
masse de quoi les payer, sans cela j'aurais
assez de chez moi, je vous prie donc de
m'aider et que saint Valentin vous pro-
tège et vous garantisse : tout cela pur
mensonge! *Item*, ce gueux aura mendié
vingt ans pour trois livres de cire et sa
messe, et joué et bu le tout, et il y en a
beaucoup qui usent de telles et subtiles
paroles. *Item*, certains ont des certificats.
Conclusio: à celui qui vient devant votre
maison ou reste devant l'église et demande
l'aumône simplement et ne se sert pas de
paroles ornées, à celui-là vous donnerez,
car plus d'un pauvre est affligé de la danse

de saint Guy. Mais les sabouleux qui emploient beaucoup de paroles et parlent de
signes miraculeux qui auraient accom-
pagné leur vœu, montrent par cela même
qu'ils sont du métier depuis longtemps et
qu'ils trompent, car ils *feraient tomber les
noix des arbres dans leur bouche* à force de
blague; garez-vous d'eux et ne leur donnez
rien.

CHAPITRE IX.

Des coquillards.

Le chapitre IX traite des coquillards[1].
Ce sont des mendiants qui ont été longtemps malades à ce qu'ils disent, et ont
promis aux saints de faire un long pèlerinage chaque jour avec trois aumônes en-

---

1. Coquillards sont les pèlerins de Saint-Jacques :
la plus grande partie sont véritables et en viennent,
mais il y en a aussi qui truchent sur le coquillard,
etc. (*Le Jargon.*)

tières, de sorte qu'ils vont chaque jour de
maison en maison jusqu'à ce qu'ils aient
trouvé trois personnes pieuses qui leur
donnent les trois aumônes entières. Vous
demandez ce que c'est qu'une aumône
entière. « Un blaffard[1], répond le pélerin,
il m'en faut trois par jour et pas moins;
sans cela le pélerinage ne sert à rien. » Et
ils reçoivent tantôt trois fenins, tantôt un
fenin, et *in toto nihil*. Et ils doivent recevoir l'aumône de personnes chastes, de
sorte que les dames s'empressent de leur

----

1. Blaffard, de *blav*, *blaf*, *planus*, *æquus*. (Voy.
Richey, *Hamburger - Idiotikon*, p. 378. En argot
français, *blavard*, *blave*, signifie mouchoir de poche,
par analogie avec la couleur bleuâtre de l'étoffe,
et peut venir du provençal :

(Inclino a blancor e so *blavencs*.)

En 1445 la ville de *Strasbourg commença à
frapper des blaffards* de la valeur de six fenins;
trois fenins faisaient un sou.

donner deux blaffards plutôt qu'un, pour
sauver leur vertu, et l'une envoie le mendiant chez l'autre, et elles *prononcent*
bien des paroles qui ne seront pas rappor-
tées ici. *Item* les coquillards prennent certains jours jusqu'à cent blaffards, si on les
leur donne, et tout ce qu'ils disent est
mensonge. Dans la même catégorie rentrent ceux qui viennent devant votre maison et disent : « Chère dame je vous prie
humblement de me donner une cuillerée
de beurre, j'ai une masse d'enfants qui
demandent de la soupe. » *Item* un œuf pour
une accouchée de huit jours. *Item* un doigt
de vin pour une femme malade, et *sic de
aliis. Conclusio* : ne donnez rien aux coquillards qui disent avoir promis de
ramasser par jour trois ou quatre aumônes
entières, *ut supra.* Les autres sont moitié
chiens, moitié chats, moitié bons, moitié
méchants, méchants pour la plupart.

CHAPITRE X.

Des faux prêtres.

Le chapitre X traite des quêteurs[1], gueux
instruits qui se donnent pour prêtres et

---

1. «Du nombre des caimands sont ceux qui,
sous la couverture d'une perverse et dangereuse
religion, portent çà et là avec eux des reliques des
saints, comme ils font accroire, ou contrefaisans
les gens de bien par une frauduleuse apparence de
sainteté, garnis de plusieurs fables, de miracles
feiots et controuvés, font peur au simple peuple,
le menaçaut ores d'une calamité, ores d'une autre,
qu'ils diront venir de quelques saints courroucés,
on leur promettent des indulgences et dispenses,
et par tels moyens, sous le titre d'aumosnes, rem-
plissent leurs bourses, et rodans par le pays, at-
trapent des païsans crédules ou des femmelettes
estonnées par superstition, etc.» (*Paradoxe sur
l'incertitude, vanité et abus des sciences*, trad. en
français du latin de H. C. Agrippa [par Louis de
Mayenne-Turquet, 1587]

viennent dans les maisons suivis d'un
écolier qui leur porte leur sac et ils disent:
« Voici venir une personne sacrée nommée
M. Georges Kessler, de Kitzbühel, par
exemple, de telle et telle famille — et il
nomme une famille que vous connaissez —
et je vais procbainement dire ma première
messe dans mon village, et l'église du village n'a pas de nappe d'autel ni de missel.
et cœtera Je ne pourrai me les procurer
qu'au moyen de secours particuliers, et
celui qui donne une offrande pour avoir
part aux prières dites dans les trente
messes angéliques obtient la délivrance
d'autant d'âmes de sa famille qu'il a donné
de fenins.» *Item* ils inscrivent aussi les
paysans et les paysannes dans une confrérie et disent que cette confrérie est auto-
risée par un évêque qui y a attaché des
indulgences. Les bonnes âmes se laissent
toucher; l'un donne du fil, l'autre du lin
ou du chanvre, l'un une nappe, l'autre
des serviettes ou de l'argent provenant de

vases brisés, et la confrérie susdite n'existe
pas, car les mêmes venaient tous les ans et
maintenant ils ne viennent plus, car on
leur laverait la tête. *Item* cette industrie
est pratiquée dans la Forêt-Noire, dans le
Bregentzerwald[1], en Kurwalen et dans la
Bar, dans l'Algau, dans le Tyrol et en
Suisse, là où il y a de faux prêtres et où
les églises et les fermes sont fort éloignées

---

1. Le Bregentzerwald a toujours été propice à
la superstition : « S'agit-il de nommer un nouveau
landamman, dit Schwab dans son livre *le Bodensee*
(1840), tout homme qui a communié dans l'église
de sa paroisse est électeur et fier de ce droit. Plus
de 1000 électeurs se réunissent dès que le com-
missaire autrichien est arrivé; ils se mettent à ge-
noux et prient Dieu de leur faire choisir le plus
digne; puis, après une pause solennelle, ils courent tous aux buts. Ces buts sont d'ordinaire trois
vieux arbres, dont chacun représente un candidat.
L'arbre ou le candidat, qui a le plus d'électeurs
groupés autour de lui, est élu. »

les unes des autres. *Conclusio* : à ces quêteurs ou *coquins* ne donnez rien , car c'est
de l'argent mal employé. *Exemplum* : un
d'eux s'appelait Mansuetus et invita les
paysans à sa première messe à St-Gall , et
quand ils vinrent à St-Gall, ils le cher-
chèrent dans la cathédrale et ne le trouvèrent pas. Après le dîner ils le trouvèrent
au bordel , mais il fila.

CHAPITRE XI.

Des aveugles.

Le chapitre XI traite des aveugles : il y
en a de trois sortes sur les chemins. Les
premiers sont des aveugles de naissance
qui vont aux pèlerinages, et lorsqu'ils
arrivent dans une ville, ils cachent leur
chapeau en forme de boule¹ et disent aux

----

1. « En 1452 il se fit un changement notable
dans l'habillement des Strasbourgeois. On commença à faire de longs becs aux souliers , on porta

gens qu'ils l'ont perdu à l'endroit où ils
étaient couchés, et ils rassemblent ainsi
de dix à vingt bonnets qu'ils se mettent
à revendre. D'autres ont été aveuglés pour
avoir commis un méfait, ils courent le
pays et portent sur eux des écriteaux pein-
turlurés, ils se mettent devant les églises
et disent avoir été à Rome, à Saint-Jacques-
de-Compostelle et autres villes lointaines,
et ils racontent des miracles arrivés en ces
villes, ce qui n'est que tromperie. D'autres[1]
enfin racontent avoir été aveuglés il y a

---

de petits manteaux courts, de petits *chapeaux* appelés en allemand *Gugel-hüte*, serrés par des lacets,
des gilets courts et des pantalons... Les chapeaux
des hommes, appelés *Gugel-hüte*, ressemblaient
aux bonnets qui sont de mode au temps actuel
(1819). » (Hermann, *Notices*, t. II, p. 453.)

[1]. « Les mendiants sont, au Japon, de gais
compères, pleins d'esprit et d'entrain. Tantôt,
imitant des gens estropiés, ils s'avancent appuyés
sur des béquilles, clopin-clopant, par bandes de

dix ou douze ans; ils prennent du coton,
mettent du sang après, un linge par-dessus,
et puis ils se bandent les yeux et disent
avoir été marchands et aveuglés en un
bois par des voleurs; et puis qu'ils sont
restés attachés trois ou quatre jours à un
arbre et que si de bonnes gens n'avaient
passé par hasard, ils auraient péri. Ce qui
s'appelle tirer à l'aveuglement. *Conclusio:*
avant de donner à des aveugles, recon-
naissez de quelle espèce ils sont.

---

dix, quinze, vingt individus et en demandant la
charité d'un air dolent. Mais à peine ont-ils obtenu
ce qu'ils demandaient que, semblables au pape
Sixte-Quint, ils jettent au loin leurs béquilles et
se mettent à danser en improvisant des chansons.
D'autres fois ils feignent d'être aveugles et demandent l'aumône en disant aux gens qu'ils sont
censés ne pas reconnaître, de dures vérités sur
leur caractère. » (Oscar Comettant, *Variétés japo-
naises.*)

CHAPITRE XII.

Des polissons.

Le chapitre XII traite des polissons[1], mendiants qui, en arrivant dans une ville, laissent leurs habits à l'auberge et se mettent devant l'église presque nus et tremblent pour faire croire qu'ils ont le frisson (alors qu'ils se sont frottés avec des orties). Certains disent que leurs habits leur ont été volés, d'autres qu'ils les

---

1. Polissons sont ceux qui ont des frusquins (habits) qui ne valent que floutière (rien) ; en hiver quand sigris bouessa (il fait froid), c'est lorsque leur état est plus chenâtre (meilleur), etc. (*Le Jargon.*)

Je n'estois pas si défroquée
Du temps que messieurs les laquais...
Pour moy quittoient Margot la fée...
Mes polissons leurs ricochets.
(Voy. *les Rimes redoublées de M. Dassoucy.*
1671 ; in-12, p. 17.)

ont vendus pendant une maladie, tout cela pour en avoir d'autres qu'ils vendent et jouent. *Conclusio :* évitez ces mendiants, ce sont des trompeurs, et ne leur donnez rien.

CHAPITRE XIII.

Des faux insensés.

Le chapitre XIII traite de mendiants, la plupart des femmes, qui se font conduire à la chaîne comme si elles étaient folles et déchirent leurs habits pour tromper le monde. Dans la même classe rentrent ceux [1] qui conduisent leur femme ou une autre, en la faisant passer pour possédée du malin esprit et vouée à un saint avec sept livres de cire ou autre chose dont elle a besoin pour sa délivrance. *Conclusio :* c'est une

---

1. Le brigand Bamberg sut feindre la folie assez longtemps pour être exécuté huit mois seulement après ses complices. (*Voy. Actenmæssiger Verlauf der Untersuchung gegen die Kinssische Bande*. Leipzig, 1761.)

fraude. On chante : *Le mendiant qui n'a pas de femme qui va mentir et tromper, eumdem on l'assomme avec un soulier.* Il y a aussi de ces menteuses qui font semblant d'avoir mal aux seins et prennent une rate, la pèlent d'un côté et se la mettent sur la poitrine, le côté pelé en dehors et frotté de sang, pour qu'on croie que c'est leur poitrine.

CHAPITRE XIV.

Des bourreaux.

Le chapitre XIV traite de mendiants qui se mettent devant les églises; ils ont été bourreaux, ils ont quitté le métier il y a un ou deux ans, ils se frappent de verges et disent vouloir expier leur vie passée et faire des pélerinages pour obtenir le pardon de leurs fautes, et ils mendient de quoi faire du bien. Lorsqu'ils ont fait ce métier quelque temps et ont trompé le monde, ils redeviennent bourreaux. Donnez-leur si vous voulez. Ce sont des coquins.

CHAPITRE XV.

Des fausses accouchées.

Le chapitre XV traite de mendiantes
qui se couchent devant les églises, dé-
ploient au-dessus d'elles un lilas et mettent
à leurs pieds de la cire et des œufs comme
si elles étaient accouchées; elles disent
que leur enfant est mort il y a dix-huit
jours, alors qu'il y a dix ou vingt ans
qu'elles n'en ont fait un[1]. Il ne faut rien
leur donner, la cause : une fois un homme

---

[1]. «Les mendiantes vagabondes nourrissent leurs
enfants très-longtemps, et si l'enfant meurt, elles
prennent soin que le lait ne leur passe pas, pour
spéculer sur l'indulgence des autorités, et donner
à soupçonner, en cas d'emprisonnement, qu'elles
ont abandonné un nourrisson dans le voisinage,
ce que tend à confirmer bientôt le rapport médical,
et ce qui paraît à peu près hors de doute quand
des *compères* viennent présenter un enfant pris on
ne sait où.» (Voy. Avè-Lallemant, *Das deutsche
Gaunerthum*; t. II, p. 42.)

était couché à Strasbourg devant la cathédrale, sous un lilas, et l'on répandit le
bruit que c'était une accouchée; il fut
ramassé par la police et mis au carcan,
ensuite on lui interdit le pays. [1]

Il y a aussi des femmes qui annoncent
avoir accouché d'un monstre; ainsi récemment, en 1509, à Pfortzheim, se trouva

---

1. Au commencement du seizième siècle, les
femmes dissolues envahirent, à Strasbourg, jusqu'aux clochers de la cathédrale et des autres
églises. «Pour ce qui est des *hirondelles* ou ri-
baudes de la cathédrale, dit une ordonnance de
1521, le magistrat arrête qu'on les laissera encore
quinze jours : après quoi on leur fera prêter ser-
ment d'abandonner la cathédrale et autres églises
et lieux saints. Il sera nommément enjoint à celles
qui voudront persister dans le libertinage, de se
retirer au Rieberg et dans d'autres lieux qui leur
seront assignés. » (Voy. Koch, *Observations sur
l'origine de la mal. vénér.*, dans *Mém. de l'Institut*,
sciences mor. et polit.; t. IV.)

une femme qui parla comme si elle avait
accouché récemment d'un crapaud vivant ;
ce crapaud, elle devait l'avoir porté à
Notre-Dame-des-Ermites où il était arrivé
vivant ; chaque jour il fallait lui donner
une livre de viande ; on le tenait à Einsie-
delu pour une merveille, et la femme
disait mendier parce qu'elle avait l'intention de se rendre à Ach, et elle avait des
lettres munies de cachets qu'elle fit lire
en chaire. La même avait laissé dans une
auberge du faubourg un gros garçon qui
l'attendait et qu'elle nourrissait par le
moyen de cette friponnerie. Mais on dé-
couvrit la chose, grâce à la garde de la
porte, et on voulut les appréhender tous
deux, mais ils furent avertis et s'enfuirent,
et toute leur histoire n'était qu'un conte.

CHAPITRE XVI.

Des faux condamnés.

Le chapitre XVI traite de mendiants qui
sont de forts gaillards, parcourent le pays

avec de longs couteaux[1] et disent avoir
commis un meurtre à leur corps défen-
dant, puis ils citent une somme qu'ils sont
forcés de payer s'ils ne veulent avoir la

---

1. Un capitulaire de date incertaine (cf. Geor-
gisch, *Corp. Jur. Germ. Ant.*, p. 789) contient le
premier et le plus ancien passage relatif à l'apparition des mendiants sous le masque de marchands
et de pénitents : *Ut mangones et cociones et nudi
homines qui cum ferro vadunt, non sinantur vagari
et deceptiones hominibus agere.* Ce passage est com-
plété par le c. 34 de l'*Appendix prima*, lib. IV
capit. CM : *Ut isti mangones et cociones, qui vaga-
bundi vadunt, per islam terram non sinantur vagari
et deceptiones hominum agere ; nec isti nudi cum
ferro, qui dicunt se data pœnitentia ire vagantes.
Melius dicetur, ut si aliquod inconsuetum et capitale
crimen commiserint, in uno loco permaneant labo-
rantes*, etc. Pierre Dufour (*Hist. de la prostitution*,
t. III, p. 325) veut remplacer *nudi* par *nundi,
forains*; l'Appendice aux Capitulaires et le chapitre du *Liber* rendent ce changement inutile.

tête tranchée. Parfois l'un a avec lui un
compagnon chargé de fers qui dit qu'il a
garanti la somme et que s'il ne l'obtient
pas, il est forcé de mourir avec l'autre.

CHAPITRE XVII.

Des fausses pénitentes.

Le chapitre XVII traite de mendiantes
femmes ou putains des précédents : elles
courent le pays et disent s'être prostituées
et vouloir se convertir. Et elles mendient
au nom de sainte Marie-Madeleine et
trompent ainsi le monde.

CHAPITRE XVIII.

Des porteuses de billes.

Le chapitre XVIII traite de mendiantes
qui se nouent au ventre une vieille camisole, un coussin ou un coin de fer pour
faire croire qu'elles sont grosses, alors
qu'il y a vingt ans et plus qu'elles n'ont fait
un enfant. Cela s'appelle *porter la bille.*

5

CHAPITRE XIX.

Des sagous.

Le chapitre XIX traite de mendiants qui
portent des cliquettes, comme s'ils étaient
lépreux, ce qui s'appelle : *aller avec la
demoiselle.*

CHAPITRE XX.

Des faux béguins.

Le chapitre XX traite de mendiants qui
sont vêtus comme les béguins[1] et disent
être mendiants volontaires, et toutefois ils
ont leurs femmes cachées quelque part.

CHAPITRE XXI.

Des faux gentilshommes.

Le chapitre XXI traite de mendiants[2]

---

1. Béguins = religieux du tiers-ordre de Saint-
François ; on les appelait aussi Bégards.

2. « Plusieurs parmi nous, à Paris, s'habillent
comme des gentilshommes, se parent d'épées ou de
grands couteaux, se faufilent avec les libertins... »
(Monteil, *les Plaintes des divers états : le Pauvre.*)

qui se donnent pour des nobles réduits au
besoin par la guerre, l'incendie et la cap-
tivité, et ils sont proprement mis, comme
s'ils étaient nobles, quoiqu'il n'en soit
rien, et ils ont de faux certificats.

CHAPITRE XXII.

Des marcandiers.

Le chapitre XXII traite de mendiants [1]
vêtus proprement, qui disent avoir été marchands maritimes et ont de fausses lettres
d'évêques pour tromper l'homme simple;
mais au chapitre III il est raconté comment
on se procure de fausses lettres. Et ils
disent avoir été volés, ce qui n'est pas.

---

1. « Marcandiers sont ceux qui bient (vont) avec
ure grande bane (bourse) à leur côté, avec un
assez chenastre frusquin (bon habit) et un rabas
sur les courbes (un manteau sur les épaules),
feignant d'avoir trouvé des sabrieux sur le trimard
(des voleurs sur le chemin)... » (*Le Jargon.*)

CHAPITRE XXIII.

Des fausses converties.

Le chapitre **XXIII** traite de mendiantes qui disent avoir été baptisées juives, puis être devenues chrétiennes; elles annoncent la bonne aventure, par exemple si votre père ou votre mère est en enfer ou non, et elles mendient aux gens des robes et autres effets, et elles ont aussi de faux certificats scellés.

CHAPITRE XXIV.

Des faux pèlerins.

Le chapitre **XXIV** traite de mendiants qui portent des signes sacrés au chapeau, surtout de la véronique double et des coquilles; ils se vendent ces ornements les uns aux autres et font accroire qu'ils ont été dans les villes dont ils portent les signes et trompent ainsi le monde.

CHAPITRE XXV.

Des malingreux.

Le chapitre XXV traite de mendiants [1] qui se frottent d'un onguent de haut en bas, puis se couchent devant les églises et font accroire qu'ils ont été longtemps malades et que l'ulcération de leur visage s'en est suivie; et quand trois jours après ils vont au bain, tout s'en va de nouveau.

CHAPITRE XXVI.

Des faux ictériques.

Le chapitre XXVI traite de mendiants qui mêlent du fumier de cheval dans l'eau,

---

1. « Malingreux sont ceux qui ont des maux ou plaies dont la plupart ne sont qu'en apparence; ils truchent sur l'entiffe (mendient devant l'église), c'est-à-dire ils feignent d'aller, les uns à Saint-Main, les autres feignent avoir voué une messe... »

(*Le Jargon*)

puis s'en frottent les jambes et les bras pour
faire accroire qu'ils ont la jaunisse ou une
autre maladie.

CHAPITRE XXVII.

Des mendiants de saint Antoine.

Le chapitre XXVII traite de mendiants
qui mettent la main dans un gant et cette
main gantée en écharpe, et disent qu'ils
ont le feu de Saint-Antoine[1] ou d'un autre
saint, ce qui n'est pas.

CHAPITRE XXVIII.

Des musiciens aveugles.

Le chapitre XXVIII traite des aveugles[2]

---

1. Le peuple changea le nom de mal des ardents
en celui de fou de Saint-Antoine, parce qu'il rap-
portait de nombreuses guérisons à ce saint : « Que
le feu Saint-Antoine vous arde le boyau culier ! »
(Rabelais.)

2. Je suis ce fameux Savoyard
   Qui, par l'adresse de mon art,
   Surmonte la mélancolie.

qui se mettent sur une chaise devant l'église
et jouent du luth et chantent des airs relatifs à des pays qu'ils n'ont jamais vus ; et
quand ils ont fini de chanter, ils font un
conte sur l'origine de leur cécité. *Item* dans
cette classe rentrent les bourreaux qui se
mettent nus devant les églises et se frappent
de verges pour expier leurs péchés, et ils
usent de tromperie, car l'homme veut être
trompé. Et ceux qui se mettent sur des
chaises et se frappent avec des pierres ou
autre chose et parlent des saints, deviennent ordinairement bourreaux et écorcheurs.

———————

Je ne suis jamais si content
Qu'alors qu'en bonne compagnie
Je trouve à bien passer mon temps.
N'oubliez pas le Savoyard
Avec ses chansons dissolues :
S'il n'eust pas été si paillard,
Il n'aurait pas perdu la veue.

(*Recueil des chansons du Savoyard*, 1645.)

DEUXIÈME PARTIE.

Ceci est la seconde partie de ce livre, elle traite de diverses choses notables qui doivent s'ajouter brièvement aux catégories susdites.

Ainsi certains des mendiants susdits ne mendient devant aucune maison, devant aucune porte, mais ils vont dans les maisons et les appartements, ce dont il faut se défier, vous le reconnaîtrez sans peine.

Item il y en a qui vont et viennent dans les églises avec une sébile à la main, dans un costume préparé pour la circonstance, et ils marchent lentement comme s'ils étaient à peu près malades et ils vont de l'un à l'autre et s'inclinent devant vous et tâchent d'obtenir quelque chose : on les appelle *laboureurs.* [1]

---

1. Dans l'argot des émigrés, *laboureur* veut dire soldat. (Voy. *Rapport du grand-juge*, Paris, ger-

Item il y en a qui empruntent des enfants
le jour de la Toussaint ou le jour des
Morts et se mettent devant les églises en
donnant ces enfants pour des orphelins[1].
Exemplum : à Schwitz un règlement prescrit
de donner cinq schillings à chaque mendiant à condition qu'il ne se représente
pas avant trois mois. Une femme avait
reçu les cinq schillings, mais bientôt elle
coupa ses cheveux et revint mendier devant l'église avec un enfant sur les bras,
et lorsqu'on voulut découvrir l'enfant, on

minal an XII, et Ch. Nisard, *Revue de l'Instruction publ.* du 5 juin.)

1. La *Gazette des Tribunaux* du 18 mai 1862 conte-
nait un article intitulé : *Un loueur d'enfants.* Russo,
musicien napolitain de la Basilicate, avait amené
à Paris cinq enfants et odieusement maltraité l'un
d'eux ; de plus, il était prévenu d'avoir excité par
menace, à la mendicité, ces enfants, qu'il frap-
pait le soir quand ils ne lui apportaient pas une
somme déterminée.

trouva un chien; la femme dut s'enfuir, elle s'appelait Weissenburger et avait été à Zurich au couvent.

Item certains revêtent des habits propres et mendient dans les rues, se donnant pour des ouvriers qui ont épuisé leurs ressources dans une maladie et qui rougissent de demander l'aumône. On les appelle *tondeurs d'oies*.

Item certains disent savoir chercher des trésors, et quand ils trouvent une dupe, ils lui font accroire qu'il leur faut d'abord de l'or et de l'argent et qu'ils sont obligés de faire dire des messes *et cætera*[1]. Ils ajoutent toute sorte de paroles et trompent ainsi la noblesse, le clergé et les laïques, car on n'a jamais entendu dire que de pa-

---

1. Les chercheurs de trésors disent souvent à leur dupe que le trésor en question est sous la garde de Bélial ou d'un autre esprit et demandent d'abord de l'argent pour se procurer les livres magiques nécessaires à la conjuration, comme la

reils coquins aient trouvé des *trésors*. On
les appelle *fouille-merde*.

Item certains des susdits traitent exprès
leurs enfants avec rigueur pour qu'ils
perdent l'usage de leurs membres; ils
seraient fâchés qu'ils pussent marcher droit
et ils souhaitent les voir surtout capables
de duper le monde.

Item certains des susdits viennent dans
les villages avec des dés en tombac qu'ils
couvrent de boue, puis ils disent aux niais
de paysans qu'ils les ont trouvés et leur
demandent s'ils veulent en acheter; alors
une sotte paysanne croit que l'objet est en
argent et en donne six fenins ou plus. Il
en est de même des patenôtres et autres
objets qu'ils portent sous leurs manteaux.

Item il y a aussi certains mendiants qui

Prière de saint Christophe ou la *Bible de Weimar*,
de 1505. Voy. Horst, *Zauber Bibliothek*. Scheible.
Kloster, t. III, p. 343. Cf. Schäffer, *Abriss der*
Jauner und Bettelwesens in Schwaben. 1793.

demandent le patrimoine des saints[1], qu'il
s'agisse de pièces de lin, de voiles ou d'objets d'argent ; les gens éclairés savent ce
qu'ils ont à faire, mais je ne m'occuperai
pas de cette duperie, car l'homme simple
veut être trompé. Je ne donne à aucun de
ces mendiants, mais je donne aux quatre
missions de Saint-Antoine, de Saint-Valen-
tin, de Saint-Bernard et du Saint-Esprit,

---

1. « Parmi les *bohomolets* ou adorateurs de Dieu
qui vont saluer les saintes images de Kiew, de
Moscou, de Veliki-Novgorod ou du couvent de
Solovetsk dans la mer Blanche, il se trouve plus
d'un coquin qui fait métier de piété ambulante
pendant des années. Le paysan russe, en effet, ne
regarde pas seulement l'entrée d'un *bohomolets*
dans sa chaumière comme une bénédiction et il ne
se borne pas à lui donner une hospitalité cordiale
et l'aumône, il lui confie encore de l'argent pour
le déposer dans les sanctuaires et y faire réciter, à
son intention, des prières. » (J. Klaczko, *Souve-
nirs d'un Sibérien.*)

lesquelles sont autorisées par le Saint-
Siége.

Item prenez garde aux marchands qui
viennent vous trouver à domicile, car vous
n'achetez rien de bon, qu'il s'agisse d'objets d'argent, d'épices ou d'autre chose.

Item évitez les médecins qui courent le
pays et vendent de la thériaque et des racines et font les grands. Il y en a qui sont
aveugles. Ainsi un certain Hans, de Strasbourg, qui était juif et qui fut baptisé à
Strasbourg à la Pentecôte, il y a quelques
années, eut les yeux crevés à Worms, et
maintenant il est médecin et prédit l'ave-
nir et parcourt le pays en trompant le
monde, comment? Inutile de le dire.

Item évitez les joueurs qui s'occupent de
tromper : avec les cartes, en faisant sauter
la coupe, en se servant de cartes pi-
pées, etc.; avec les dés¹, qu'ils ont rognés

---

1. Les dés, connus dès la plus haute antiquité,
ne devinrent l'objet de mesures de police qu'au

ou dans les coins desquels ils ont introduit
des soies de cochon, avec de la fausse
monnaie, etc.

Ces gaillards vont consommer en tout
temps chez les aubergistes, dits au *bâton*,
parce qu'on ne les paie pas et qu'an dé-

---

moyen âge. L'ordonnance de saint Louis, de
1256, place au rang des débauchés les *joueurs de
dés* et les blasphémateurs. Le roi commande aux
sénéchaux, baillis et autres officiaux et servicials
« qu'ils se gardent du *jeu de dés*, de bordeaux et de
tavernes. » Il défend ensuite la *forge* des *dés* et
ordonne que tout homme qui sera trouvé jouant
aux dés, soit réputé infâme et ne puisse témoi-
gner en justice. En 1272, Philippe le Hardi dé-
fendit à son tour les jeux de dés. A Bologne, au
treizième siècle, celui qui se servait de dés pipés
avait le pouce de la main droite coupé. A Zurich,
il était lié à une barque et traîné dans l'eau sur
une certaine étendue du lac. Voy. Hüllmann,
Stædtewesen des Mittelalters, IV, 347 et s.

Voy. encore sur les fourberies des gueux :

part la vaisselle prend souvent le chemin des consommateurs.

Item il se commet encore un autre tour parmi les vagabonds. Il s'agit des regrattiers ou ferblantiers qui parcourent le pays avec des femmes qui viellent ; certaines

---

Nicephor. *Hist. eccles.*, l. 12, c. 46.

Hæmmerlein (*Malleolus*) *Variœ oblectationis opuscula et tractatus* (*nempe contra validos mendicantes*), etc., vers 1497.

Damhoudère, *Praxis rerum criminalium*, 1556. C. 110 N. 56, 57.

Th. Garzoni, *La Piazza universale di tutte le professioni del mondo*, Venetia, 1585, in-4°, Disc. 71.

Caspar Ens, *Vitœ humanœ proscenium*, L. I, c. 17.

Milich in *Theatr. diaboli*, Francf., 1587, l. fol. 283.

Pontani *Mendicitas*, in Dornav. *Amphitheatr. sapientiœ socraticœ*, Hanoviœ, 1619, t. II, p. 170.

Ahasverus Fritsch, *Tractatus theol. nom. polit. de mendicantibus validis*. Jenœ, 1659.

de ces femmes y vont de bon cœur, mais
pas toutes, car si on ne leur donne rien,
elles vous font, avec un bâton ou un couteau, des trous dans vos ustensiles et vous
donnent bien de l'ouvrage. Et *si de lui*.

TROISIÈME PARTIE.

VOCABULAIRE DES MENDIANTS.

Comment ils appellent certaines choses au moyen
de mots couverts. [1]

A

Acheln, manger.

Adone, Dieu (hébr. אֲדֹנָי Adonaï, maître).

Alchen, aller (le même que haulechen,
mot juif-allemand qui vient de l'hébreu
halach, חָלַךְ il est allé).

Alch dich, va-t'en.

Alch dich übern breithart, gagne le large.

Alch dich übern glentz,   *id.*

B

Barlen, parler.

Beschöcher, ivre.

Betzam, œuf.

---

1. Nous avons rangé les mots dans un ordre meilleur et ajouté des explications entre parenthèses.

Blech (plaque de métal), blaffard.

Blechlin , kreutzer.

Bôlen , caresser.

Boppen , mentir.

Boss , maison.

Bossdich, tais-toi.

Bosshart , viande.

Bosshartvetzer, boucher.

Bregen , mendier.

Breger , mendiant.

Breitfuss (pied large), oie ou canard.

Breithart, étendue.

Bresem , rupture.

Brieff (bas-all. *brev* , de *brevis*), carte.

Brieffen, jouer aux cartes.

Brieffelvetzer, écrivain.

Brissen , apporter.

Brüss , lépreux.

Bsaffot (de l'hébreu זפת sephet, poix pour coller une lettre), lettre.

Bschiderich (bescheiden , reich, riche en justice), bailli.

Bschuderulm, noble.

C

Caval (*m. lat. caballus*), cheval.

Caveller (celui qui attache au chevalet),
    bourreau.

Christian, pélerin.

Claffot, habit.

Claffotvetzer, tailleur.

D

Dallinger, bourreau.

Derling (du bas-all. tarrel, dé. V. Richey,
    Hamburger Idiotikon, p. 305), dé.

Dierling, œil.

Diern, berser.

Difftel, église.

Dippen, donner.

Dolman, potence.

Doth, parties de la femme. (V. les mots ba-
    varois Dotsch, Dost, Dosten, dans
    Schmeller, *Wörterbuch*, I, 405, 403;
    cf. Frisch, *Wörterbuch* II, 368.

Doul, fenin.

Dritling (de treten, marcher), soulier.

Du ein har, fais une fugue.

E

Ems, bon.

Erfercken, jaser.

Erlat (de orel עָרֵל, féminin orelte, chré-
tien, chrétienne), maître; Erlatin,
maîtresse.

F

Feling (de feil, à vendre), mercerie.

Fetzen (*facere, faxar* en argot portugais),
travailler.

Flader, salle de bains.

Fladervetzer, baigneur.

Fladervetzerin, baigneuse.

Flick, garçon.

Floss (de fliessen, couler), soupe.

Flosshart, eau.

Flösselt, noyé.

Flösslen, pisser.

Flössling, poisson (M. Derenbourg, p. 451
des *Études* de M. Franc. Michel, dit que
flössling veut dire en allem. pourvu de
nageoires; c'est flossig qui a ce sens).

Funckart (de funke, étincelle), feu.

Funckarthol (le creux au feu), fourneau
de briques.

Fünckeln, faire bouillir ou rôtir.

Fluckart (de flügge, qui a des plumes),
poule ou oiseau.

G

Gackenscherr (de gackern, crêteler, et
scharren, gratter), poule.

Gaich, curé.

Gaichenboss, maison curiale.

Galle (gallus), paon.

Gallen, ville.

Ganghart (qui marche dur), diable.

Gatzam, enfant.

Gebicken, attraper.

Genffen, voler (bas-saxon, ganfen).

Gfar, village.

Giel, bouche (kehle, gorge).

Gitzlin, petit morceau de pain.

Glathart (glatt, uni), table.

Glentz (glanz, éclat), campagne.

Glesterich (glas, reich), verre.

Glyd (du bas-all. glyden, vaguer), putain.

Glydenfetzerin, maquerelle.

Glydenboss, bordel.

Glyss, lait.

Goffen, frapper.

Grifling (greifen, saisir), doigt.

Grim, bon.

Grünhart (grün, vert), prairie.

Gugelfrantz (*cucullus*, *franciscus*), moine.

Gugelfrentzin, nonne.

Gurgeln, lit de soldat.

◼

Hanffstaude (tige de chanvre), chemise.

Har, fuis.

Hans von geller, pain grossier.

Hans walter (Jean le promeneur), pou.

Hegiss, hôpital.

Hellerrichtiger, florin.

Herterich (hart, reich), couteau ou épée.

Hymelstyg (monte-au-ciel), patenôtre.

Hocken, être couché.

Holderkautz (chouette de sureau), poule.

Horck, Houtz, paysan ; Houtzin, paysanne.

Hornbock, vache.

I

Iltis, sergent.

J

Joham (Jean), vin.

Jouer, Jonen, joueur, jouer (contraction
de jedionen, mot juif-all. = prédire, qui
vient de l'hébreu יָדַע (joda), savoir,
connaître.

Juverbossen, jurer.

Juffart, mendiant libre.

K

Kabas, tête.

Kamesierer, gueux savant.

Kaspim, Jacobite.

Keris (de Xerez, angl. sherrys), vin.

Kielam, ville.

Kimmern, acheter.

Klebys (mangeur de trèfle), cheval.

Kleckstein, dénonciateur.

Klems, prison.

Klemsen, attraper.

Klingen (ce qui sonne), vielle.

Klingenfetzerin, vielleuse.

Krachling (craquelin), noix.

Krax, couvent. (Près d'Andlau il y a une colline de ce nom. La grande chronique de Kœnigshoven [223*] mentionne la destruction de la burg de Krax en 1296 par l'évêque Conrad de Lichtenberg et les Strasbourgeois au détriment du land-vogt Cuno de Bergheim : «... wart zerbrochen die burg Krax bi Andelo von bischov Conrot von Lichtenberg uñ vou den von Strosburg...» Cf. Silbermann, *Odilia.*)

Kröner, Krönerin, homme, femme (de קֶרֶן keren, corne, tête).

L

Lefrantz, lefrentzin. prêtre, putain de prêtre.

Lehem, pain.

Loe, méchant ou faux.

Loe ôtlin (méchant ennemi), diable.

Lindrunschel, ramasseur de grain.

Lüssling, oreille (ou tête).

M

Mackum, ville.

Megen, noyer (verbe).

Mencklen, manger.

Meng, chaudronnier.

Mess, argent ou monnaie.

Molsamer, dénonciateur.

N

Narung thun, chercher des vivres.

P

Pflüger (laboureur), qui parcourt l'église avec une sébile.

Platschen, masturbation.

Platschierer, hâbleur en plein vent.

Plickschlaher, court-tout-nu.

Polender, château ou burg.

6

Q

Quien, chien.

Quiengoffer, tueur de chiens.

R

Rantz, sac.

Rauling, petit enfant.

Rauschart (rauschen, bruire), paillasse (la).

Reel, jour de maladie.

Regenwurm (verre de terre), saucisse.

Reger (*motor, concutiens*), dé.

Ribling (de l'hébr. ריב, rib, riw, jouer
aux cartes, parier), dé.

Richtig, juste.

Rieling, cochon.

Roll (poule), moulin.

Roll vetzer, meunier.

Rotboss, hôtellerie de mendiants.

Rubolt, liberté.

Rümpfling (qui fait faire la grimace), moutarde.

Ruutzen, mêler ou tromper.

Rüren, jouer.

S

Schiess (le tireur), membre viril.

Schling, lin.

Schlunen, dormir.

Schmaln (schmälern, ravaler), médire, voir
d'un mauvais œil.

Schmalkachel, médisant.

Schmunck (schminke, fard), graisse.

Schnieren (schnüren, corder), pendre.

Schöchern, boire.

Schöchervetzer, aubergiste.

Schosa, matrice (c'est lo silésien : die
Schoss, le bavarois : s'Gschosl; V. Schmel-
ler, *Bairisches Wörterb*. III, 411.

Schref (du bas-allem. schreep, course),
putain.

Schrefenboss, bordel.

Schreiling (crieur), enfant.

Schrentz, chambre.

Schürnbrant (schür einen brand, attise-
incendie), bière.

Schwentzen (frétiller de la queue), aller.

Schwärtz (la noire), nuit.

Sefel (de זבל sewel, fumier), merde;
Sefeln, chier; Sefelboss, latrines.

Senftrich (riche en moutarde), lit.

Sonnenboss (sonne, courtisane, mot juif-
all. qui vient de זנה, sono, courtiser),
bordel.

Söntz, gentilhomme, söntzin, dame.

Spitzling (pointu), avoine.

Speltling (spalten, fendre), liard.

Spranckart, sel.

Stabuler (stab, bâton), ramasseur de pain.

Steffung, ligne.

Stettinger, florin.

Stolffen, se tenir debout.

Streifling (qui frotte), pantalon.

Stroborer (qui perce la paille), oie.

Strom (strömen, vaguer), bordel.

Strombart, forêt.

Stupart, miel.

T

Terich (*terra*), pays.

V

Verkimmern, vendre.

Verlunschen, comprendre.

Vermonen, tromper.

Versencken, mettre en'gage.

Voppen, mentir.

W

Wetterhan (coq d'une église), chapeau.

Wendrich (qui se tourne), fromage.

Wintfang (qui prend le vent), manteau.

Wunnenberg (mont de délices), belle femme.

Wyssulm, imbécile.

Z

Zickuss, aveugle.

Zwicker (pinceur), bourreau.

Zwirling (zwei, deux), œil.

Zwengering (celle qui force), camisole.

www.ingramcontent.com/pod-product-compliance
Lightning Source LLC
Chambersburg PA
CBHW060820250626
47162CB00005B/1869